Fliegengeschrei

Was...? Sie glauben nicht an de

sollten Sie aber! Das sollten Sie wirklich! Ich meine es nur gut

mit Ihnen. Ehrlich!

Bis gestern habe ich allerdings auch nicht daran geglaubt, das gebe ich zu. Ich hätte jeden ausgelacht, der mir so ein Schauermärchen erzählt hätte. Sicherlich hätte ich ihn gefragt, ob er einen Sprung in der Schüssel oder ob er vielleicht zu viel Gruselgeschichten gelesen hat. Doch jetzt ist es zu spät - ich lache nicht mehr.

Übrigens - Sie können mich Viktor nennen oder Peter oder Waldemar. Egal wie. Darauf kommt es jetzt nicht mehr an.

Vor vierundzwanzig Stunden hätte ich Ihnen meinen richtigen Namen noch genannt. Sie hätten damit doch nicht viel anfangen können. Für mich wäre es allerdings mehr als interessant gewesen, Ihre Bekanntschaft zu machen. Sie müssen wissen, ich übe - falsch, ich *übte* - einen nicht ganz alltäglichen Beruf aus.

Ich verfügte über genug Freizeit, reichlich Geld, eine komfortable Wohnung, ein schönes BMW-Cabrio, eine Auswahl an netten Freundinnen und vieles mehr, was das Leben erst lebenswert macht. Meist schlief ich bis in die Mittagsstunden hinein, arbeitete nachts.

Ich bin - wieder falsch - ich war Einbrecher. Ein sehr

erfolgreicher sogar.

Habe ich Sie schon vor alten Damen gewarnt? Uralten Damen, mit stark gebeugtem Rückgrat? Nein? Dann nehmen Sie sich meine Warnung zu Herzen - sonst ergeht es Ihnen wie mir...

Das Haus lag in einer kleinen ruhigen Vorortsiedlung. Ich hatte einen Tipp bekommen, die Besitzer machten einen Kurzurlaub. Der Einstieg erwies sich leichter als gedacht. Ein Fenster stand gekippt - schwupp - schon war ich drin.

Nach wenigen Minuten wusste ich, dass ich reichlich Beute finden würde. Als erstes packte ich eine Münzsammlung ein; Wert: geschätzte zehntausend Euro. Ich überlegte gerade, welchem Hehler ich die Ware anbieten würde, als mich ein Geräusch herumwirbeln ließ.

Im Licht meiner Taschenlampe erblickte ich das runzlige Gesicht eines Mütterchens. Ihr Oberkörper war deutlich nach vorn gebeugt, und sie hielt sich am Türrahmen fest. Ich glaube, mein Schreck saß tiefer als der ihre, denn sie stand einfach nur da und blickte in den grellen Strahl meiner Taschenlampe.

"Bitte legen Sie das wieder zurück", sagte sie mit leiser und brüchiger Stimme. "Die Sammlung ist sehr alt und gehört meiner Familie."

Mich wunderte, dass sie überhaupt keinen Versuch machte, das Licht anzuschalten. Trotz der nächtlichen Stunde war sie vollständig bekleidet. Zu ihrem buntkarierten Rock und ihrer weißen Bluse trug sie ein vielfarbiges Kopftuch, unter dem dicke Zöpfe hervorlugten. Einen Augenblick dachte ich, sie sei dem Märchen *Hänsel und Gretel* entsprungen, doch dann erinnerte sie mich eher an eine Zigeunerin.

"Bitte", wiederholte sie. "Legen Sie es zurück. Dann werde ich Ihnen nichts tun."

Die Worte der gebeugten Greisin klangen wie ein Scherz. Sie war so dürr und klapprig, dass sie wahrscheinlich davongeschwebt wäre, hätte ich nur einmal kräftig ausgeatmet.

Ich lachte. Mit zwei Schritten war ich beim Telefon, riss die Schnur aus der Wand und verstaute dann die Münzsammlung in meiner Umhängetasche.

"Es tut mir leid, Muttchen, wenn ich dich erschreckt habe, aber jetzt muss ich wirklich gehen. Nichts für ungut." Flüchtig streichelte ich ihre Wange.

Kaum hatte ich das gesagt, fühlte ich ihre Fingerkuppen auf meinem Ohr. "Laut", sagte sie. Mehr nicht. Nur dieses eine Wort.

Dann verdrehte sie die Augen, kippte nach vorn und schlug der Länge nach hin.

Ich brauchte kein Medizinstudium, um die Diagnose selbst zu stellen. Ihre gebrochenen Augen schienen mich vorwurfsvoll anzustarren.

Schleunigst verließ ich das Haus, ohne nach weiteren Beutestücken Ausschau zu halten. Als ich zwei Straßen weiter in meinen BMW stieg, wunderte ich mich über den Verkehrslärm zu dieser nächtlichen Stunde. Autos sah ich nicht, hörte aber das dumpfe Brummen der Motoren, das walkende Geräusch sich drehender Reifen auf feuchtem Asphalt. Verwirrt fuhr ich nach Hause und legte mich ins Bett.

Als ich erwachte, dachte ich, ich hätte vergessen, meinen Fernseher auszuschalten.

Ein stechender Schmerz raste wie ein Hochgeschwindigkeitszug durch meinen Kopf. Das Ding schien auf volle Lautstärke gestellt zu sein. Ein Blick auf den Wecker: 6:30 Uhr. Eine Zeit, in der ich mich eigentlich noch im Tiefschlaf befand. Mit dem Fernseher stimmte etwas nicht. Es hörte sich an, als wären alle dreißig Kanäle auf einem Sendeplatz vereinigt. Ein wildes Durcheinander von Stimmen, volkstümlicher- und Heavy Musik, nervtötendes Kleinkindergeschrei, das Blubbern einer schlecht entkalkten Kaffeemaschine, die Spülung eines Klosetts, das Klappern von Geschirr. Es war kaum auszuhalten.

Als ich mit schmerzendem Kopf ins Wohnzimmer stolperte, stellte ich fest, dass der Fernseher nicht eingeschaltet war.

Rasende Ohrenschmerzen durchzuckten meine Gehörgänge. Ich presste die Hände auf meine Ohren, doch selbst dann hörte ich eine dumpfe Geräuschkulisse.

Bei der Erkenntnis, woher diese Stimmen stammten, musste ich mich am Sessel abstützen.

Diese Stimmen, dieses Geschrei und Geklapper, drang aus den Nachbarwohnungen zu mir herüber.

Ich setzte mich und schrie auf, als eine Couchfeder unter mir ächzte, was sich anhörte, als käme dieses Geräusch über meine Lautsprecherboxen.

Meine Gedanken überschlugen sich. Die alte Frau - die Zigeunerin - sie hatte mich verflucht. Es gab keinen Zweifel. Wieder stöhnte ich auf, irgendwo war eine Tür zugeschlagen worden. Es klang so, als wäre neben mir eine Kanone abgeschossen worden. Ich presste meine Hände noch fester gegen die Ohren.

Den Rest des Tages versuchte ich, meine neue Situation zu überdenken. Ich hatte Watte in meine Ohren gestopft, doch allein das Auseinanderzupfen der Watte ließ mich mit den Zähnen knirschen. Irgendwann nachmittags begann ständig das Telefon zu läuten. Der Dreiklang brachte mich fast um den Verstand. Tränen rollten aus meinen Augen, während sich die Schmerzen wie eine Kreissäge durch mein Gehirn fraßen und ich zusammengekrümmt auf dem Teppichboden lag. Solch rasende Schmerzen stellte ich mir bei jemandem vor, der seine Ohren direkt an eine schlagende Kirchenglocke presste.

Falls Sie vermuten, dass sich mein Zustand gebessert hätte, irren Sie.

Es ist schlimmer geworden. Viel schlimmer! Seit gestern Morgen habe ich kein Auge mehr zugetan. Es ist jetzt vier Uhr in der Früh. Die Watte in meinen Ohren, die dicken Socken, die unter dem Schal gegen meine Ohren drücken - helfen - nichts.

Als würde ich neben meinen Nachbarn im Bett liegen, höre ich ihren rasselnden Atem, und denke an Presslufthämmer. Sogar das Schnarchen von Heinz Kaminski, bei dem ich immer mein Gemüse kaufe, dringt zu mir rüber. Er hat seinen Laden dreihundert Meter weiter.

Jemand knirscht heftig mit den Zähnen. Es klingt, als mahlten Mühlsteine. Ein paar Kühlschränke summen so laut, dass es sich anhört, als befände sich ein Wespennest in meiner Wohnung.

Ich höre das rhythmische Klacken eines Sekundenzeigers bei der Umkreisung des Ziffernblattes; das Plätschern eines Urinstrahls; das dumpfe Bullern einiger Auspufftöpfe; das Lachen der Speditionsarbeiter, die drei Straßen entfernt ihre Lastwagen beladen; Frauen, Männer und Kinder, die im Schlaf plappern.

Habe ich Sie eigentlich schon vor alten Mütterchen mit bunten Kopftüchern gewarnt? Auch wenn ich das schon getan habe, beherzigen Sie bitte meinen Ratschlag. - Es ist zu Ihrem Besten!

Bevor ich mich erschieße, will ich Ihnen diese Warnung hinterlassen. Das elektronische Summen meines Computers und das nicht auszuhaltende Klackern, wenn ich die Tastatur bediene, sprengt mir fast die Schädeldecke. Jetzt benutze ich einen Kugelschreiber, auch wenn mich das metallische Drehen der kleinen Kugel in der Mine an das Rasseln von Panzerketten erinnert.

Hinter mir krabbeln einige Fliegen auf der Fensterscheibe. Ihr nerviges Gebrumme klingt wie wütende Schreie. Ihre Beine verursachen auf dem Glas ein schrilles Kratzen wie ein Messer, das über die Glasur eines Tellers rutscht. - Seien Sie froh, dass Sie nicht mein Gehör haben.

Entschuldigen Sie bitte die wacklige Schrift, aber gerade

habe ich den Hahn meiner Pistole gespannt. Normalerweise ein leises metallisches Klicken. Für mich jedoch laut wie ein Jet, der durch die Schallmauer bricht. So ohrenbetäubend, so schmerzvoll - so herrlich...so...

Das Duell

„ZIEH!"

Das laute Stimmengewirr und das Geschrei der Buchmacher verstummten, als hätte sie einer durch ein Megaphon dazu aufgefordert. Dabei war nur in den ersten Reihen jenes leise „ZIEH!" zu hören gewesen.

Hunderte von Augenpaaren waren jetzt auf den Schauplatz gerichtet. Manchen der Anwesenden konnte man die Spannung ansehen: Einem älteren Mann, der einen Cowboyhut trug, stand der zahnlose Mund weit offen. Eine Blondine, im bodenlangen Kleid, wischte sich unentwegt mit dem Taschentuch über Hals und Stirn. Dicht hinter ihr kratzte sich ein Mann die stoppligen Wangen.

Harper blickte zur wartenden Menge und schüttelte unmerklich den Kopf. Von seinem Vater wusste er, dass es früher anders – ruhiger - gewesen war, wenn sich die Gegner zum Kampf stellten. Diejenigen, die unbedingt hatten zuschauen wollen, waren auf Distanz geblieben, hatten das Geschehen aus einiger Entfernung verfolgt: hatten noch keine Wetten auf den Sieger abgeschlossen und keinen familiären „Volkssport" aus dem Aufeinandertreffen gemacht.

Doch inzwischen, dachte Harper, inzwischen herrschen andere Sitten, und das hatte er wohl auch so gewollt. Er war schließlich der Herausforderer. Und er war sich sicher, dass er später, nach dem Sieg, ein Bad in der Menge nehmen würde. Er war besser, cleverer und wesentlich jünger als der andere.

Er blickte zu Jenkins hinüber. Jenkins, der eigentlich Jewankowitsch hieß, der sich erst seit einigen Jahren hier im Westen aufhielt, und voller Ehrfurcht „Der Russe" genannt wurde. Selbstverständlich nur hinter seinem Rücken.

„Zieh!", wiederholte Harper seine Aufforderung. Diesmal laut und deutlich, damit auch noch die Leute auf den billigen Plätzen seine tiefe, selbstsichere Stimme hören konnten.

Jetzt war es soweit. Gleich würde der entscheidende Moment kommen.

Der Russe beäugte ihn einen Moment lang, fast schon gelangweilt. Kein Muskel zuckte in seinem Gesicht. Nur ein kaum merkliches Grinsen war zu sehen, so, als stünde er über allem. Ein spöttisches Schmunzeln, das Überheblichkeit ausdrückte.

Harper ärgerte sich über den Älteren. Nur mit äußerstem Willen bekämpfte er seine aufsteigende Wut. Jetzt bloß keinen

Fehler machen! Zeig´ um Himmels willen keine Nerven! Sein Gesicht glich einer hölzernen Maske, ohne jede Regung. Nur seine Augen bohrten sich in den abwartenden Blick des Russen. Hinter dessen Augen schien sich für den Bruchteil einer Sekunde etwas zu bewegen, ein flüchtiger Schatten, mehr nicht.

Harpers rechter Arm, der angewinkelt auf seinem Oberarm ruhte, verkrampfte. Seine Finger formten einen Halbkreis. Unmerklich verlagerte er seinen Oberkörper ein wenig nach vorn. Seine Nerven waren zum Zerreißen gespannt. Er versuchte, den Reflex des Augenzwinkerns möglichst lange hinauszuzögern, beobachtete dabei die Augen des Russen und gleichzeitig dessen rechte Hand. Er hatte schon viel über die explosive Attacke des Russen gelesen, gesehen und gehört, auch, dass er jede noch so kleine Bewegung registrierte.

Ein unmerkliches Zucken durchlief die langen geschmeidigen Finger des Russen. Harper fühlte die Augen der Zuschauer auf sich gerichtet.

Ohne seinen Kontrahenten aus den Augen zu lassen, dachte er an die Wetten. 90:10 gegen ihn.

Aber nach dem Treffen, wenn alles vorbei war, würde sich das ändern, da war er sich hundertprozentig sicher. Sie würden ihn auf Händen tragen, ihm schwindelerregende Summen auf den nächsten Kampf bieten – die er auf keinen Fall ausschlagen würde. Ich wäre ja dumm, dachte er, wenn ich es täte. Niemand konnte ihm garantieren, dass er in zehn Jahren noch leben würde. Das Leben war eine Achterbahn und solange seine Glückssträhne anhielt, würde er nicht auf einen einzigen Dollar verzichten.

Wieder flackerte in den Augen des Russen etwas auf, doch mehr kam nicht. Anscheinend wog er immer noch seine Chancen ab. Harper war enttäuscht.

„Nun zieh endlich!", forderte er erneut.

Ein vielstimmiges dumpfes Raunen kam aus dem Publikum.

Mit einer unglaublich schnellen, fließenden Bewegung fuhren die Hände des Russen nach unten.

Harper atmete erleichtert auf. Sein Gegner hatte den Bauern auf E4 gesetzt. Jetzt hatte er Zeit.

Die Schachpartie war eröffnet.

...mach hin – ich will auch mal lesen

Michelle

Fred und Michelle lernte ich bei McDonald's kennen. Die hübsche Blondine drohte gerade, an einem Stück Cheeseburger zu ersticken, war schon ganz blau im Gesicht. Ich wandte den Heimlich-Griff an und Michelle schnaufte wieder.

Fred war Ende Fünfzig, fast dreimal so alt wie Michelle. Er trug drei, vier Goldketten um den Hals, Rolex, klobige Ringe, Cowboystiefel.

Er dankte mir überschwänglich, stopfte mir einen Hunderter in die Hemdtasche und lud mich ein: "Wenn du nichts vorhast, Carlo, komm doch mit. Ich gebe 'ne kleine Party für uns."

Seit fünf Monaten war ich ohne Job, Langeweile satt. Was sollte ich schon vorhaben?

Er wohnte nicht weit vom Hotel "Atlantic" entfernt. Seine Wohnung war riesig: sechs Zimmer, zwei Bäder, Stuckdecken, Blick auf die Außenalster. Er führte mich ins Wohnzimmer und stellte mir Charlie vor.

Der Rhesus Affe saß in einem gestreiften Miniatur-Schlafanzug vor dem Fernseher. Er blickte nicht einmal auf, als ich Hallo sagte. In seinem Mundwinkel hing eine kalte Kippe, während er sich eine Wiederholung von Daktari ansah.

"Hat wohl mal wieder einen seiner schlechten Tage", entschuldigte sich Fred. "Normalerweise hat er erstklassige Manieren und kleidet sich auch entsprechend. Hab' ein mittleres Vermögen in seine Garderobe und seine Lehrer investiert."

Kumpelhaft schlug er mir auf die Schulter. Sein Lachen klang heiser.

Ich nickte nur. Mein Hals war trocken. Ich brauchte jetzt einen Schluck.

Michelle erschien in der Tür. Mit federnden langen Schritten kam sie uns entgegen. Beine wie eine Gazelle. Apfelförmiger Po.

Sie hatte sich umgezogen, trug rote Stöckelschuhe zu einem grünen Minirock sowie einen engen Pulli mit V-Ausschnitt, der ihre üppigen Rundungen deutlich unterstrich.

Wir leerten eine Flasche Wodka, erzählten Anekdoten, lachten und wischten uns die Tränen aus den Augen. Ab und zu ertönte ein missfälliges Kreischen vom Fernseher her.

Anscheinend waren wir zu laut.

Fred öffnete eine neue Flasche sowie ein kostbar aussehendes Zigarettenetui, gefüllt mit vorgedrehten Joints. Gras aus Kolumbien; ein Höllenstoff.

Die Stereoanlage lief, der Fernseher war voll aufgedreht, wir tranken, rauchten, waren echt gut drauf. Später bot uns Fred Crystal Meth an. Ich lehnte ab, war eh schon ziemlich zugekifft, außerdem hatte ich keine Erfahrung mit harten Sachen, war auch nicht neugierig darauf.

Michelle nahm auch kein Meth. Nach wenigen Minuten legte sich Fred auf die Couch und starrte Löcher in die Luft.

Michelle lächelte mich an. Ihre vollen, geschwungenen Lippen ließen sie kindlich erscheinen. Sie spielte mit ihrem blonden Haar, wippte mit ihren langen Beinen.

"Was machst du denn so den ganzen Tag, Carlo?", fragte sie.

"Nichts. Rumhängen. Meistens beides."

Sie kicherte, ich auch. Ich reichte ihr den Joint. Der wievielte war es eigentlich? Egal! Weg damit!

Der Affe schob den Lautstärkeregler der Stereoanlage hoch und runter, kratzte sich die Eier, und tanzte zu "Papa was a Rolling Stone". Ich trank mein Glas leer.

Michelle saß auf dem Sofa, wippte hin und her im Rhythmus der Musik. Zwischen ihren Lippen wippte der Joint auf und nieder.

Ich ließ mich vom Sessel gleiten, setzte mich auf den Teppich, damit ich ihr besser unter den Rock gucken konnte. Sie trug einen weißen Body.

© by 2017 Uwe Wedemeyer, Bahnhofstr. 22 77746 Schutterwald
uwe.wedemeyer@gmx.de

Fred brabbelte irgendetwas vor sich hin, kicherte dann, blieb aber liegen.

Mit verklärtem Blick sah Michelle zu mir runter. Sie reichte mir die Tüte.

"Ich bin Tänzerin", sagte sie.

"Echt? Flamenco? Gar Mambo?"

"Nein. Ballett."

Ich nahm einen Zug, sah sie an. Dass sie mit diesen prachtvollen Titten Pirouetten drehte, konnte ich mir beim besten Willen nicht vorstellen.

"Ehrlich! Das kannst du mir ruhig glauben", sagte sie, als hätte sie meine Gedanken gelesen.

"Du siehst nicht so aus."

Sie zog einen Flunsch. "Bist du immer so direkt?" Sie trank ihr Glas leer, füllte es aber gleich wieder auf.

"Meistens", beantwortete ich ihre Frage. Ich war blau, high - und geil, wie schon lange nicht mehr.

"Du denkst, ich bin eine von der Straße, stimmt's? Bin ich aber nicht. Michelle ist mein Künstlername."

Ich drückte den Joint aus, ließ dabei ihre nackten Schenkel nicht aus den Augen. "Und, wie lautet dein richtiger Name?"

Der Affe griff sich blitzschnell Freds Glas und schüttete den Wodka in sich rein. Dann kreischte er, drehte einige Runden um den Tisch, rannte dann raus.

Michelle rutschte ein wenig hin und her, spreizte kurz die Beine und ich sah einige vorwitzige blonde Härchen hervorlugen. Sie trank einen Schluck, begann plötzlich zu husten. Ich erhob mich mühsam, legte ihr eine Hand auf den Busen (Mama Mia!) und klopfte mit der anderen auf ihren Rücken. Es half. Ich setzte mich wieder.

"Wie heißt du denn nun", fragte ich.

"Du darfst nicht lachen, Carlo. Versprochen?"

"Versprochen." Ich steckte mir eine Zigarette an.

"Heiderose Lindemann", sagte sie.

"NEIN!"

"Doch!"

"O Gott!" Ich warf den Kopf zurück und brüllte los vor Lachen - und konnte nicht mehr aufhören. Mein Gesicht war ein einziger Schmerz, meine Bauchmuskeln bretthart. Fred sah kurz zu uns rüber, grinste breit, legte sich aber gleich wieder ab. Kurze Zeit später begann er zu schnarchen.

"Soll ich dir mal etwas vortanzen?" fragte Michelle eine ganze Weile und einen weiteren Joint später.

"Nee, jetzt nicht. Mir wird schwindlig davon."

"Ach komm, Carlo." Sie zog einen Schmollmund. Sie sah süß aus.

"Zieh lieber deinen Rock ein Stück hoch."

"Was?"

"Ich will sehen, wo deine Beine enden."

"Du denkst doch, dass ich eine Nutte bin?"

"Nun mach schon. Nur ein Stück - und spreiz die Beine."

"Du Ferkel!"

Ich beugte mich vor und fuhr sanft mit den Fingerspitzen ihre Beine hoch. Sie kniff sie zusammen.

"Lass das! Das tut man nicht... Carlooo..! Carlo, hör jetzt auf..! Nein, auch nicht in den Kniekehlen! Und da schon gar nicht..! Nimm deine Hand da weg, Carlo..! O nein, nicht da... da nicht... ni..."

Ihre langen, schlanken Beine zitterten und sie bewegte ihren Unterkörper ein wenig zur Couchkante hin.

"Komm, jetzt zieh den Rock schon ein Stück hoch."

Sie tat es.

"Wow... und jetzt ganz hoch."

Sie wandte sich wie eine Schlange unter meiner geschickten Zunge und schrie ihre Lust derart laut heraus, dass ich mit dem Schlimmsten rechnete. - Aber Fred schnarchte weiter.

Danach lagen wir keuchend auf dem Rücken. Michelle reichte uns Zigaretten. Während wir rauchten, genoss ich es, ihren übersensibilisierten Körper unter meinem sanften Streicheln zusammenzucken zu spüren. Aber letztendlich war meine Lust fürs Erste gestillt.

Ich zog meine Jeans hoch und mein T-Shirt runter und ging zum Klo, um zu pinkeln.

Ich war herrlich befriedigt, herrlich blau, herrlich high. Plötzlich schwang die Tür auf, und Charlie, der Affe, taumelte herein. Er war sturzbetrunken. Er hatte seine Garderobe gewechselt, trug jetzt Bermuda-Shorts, gelben Rollkragenpullover und lila Krawatte, locker geknotet. Völlig perplex trat ich zur Seite.

Er fletschte die Zähne, womöglich der Versuch eines Lächelns, als er den "Geschrumpelten" zwischen meinen Fingern betrachtete. Er wankte heran, klammerte sich an meinem Hosenbein fest, zog die Bermudas runter, stellte sich auf die Zehenspitzen und pisste mir auf die Schuhe. Dann schüttelte er seinen Schwanz ziemlich nachlässig aus, zog die Hose wieder hoch und taumelte wieder davon.

Erstklassige Manieren, hatte Fred gesagt. Die konnte ich ihm auch beibringen - ganz umsonst.

Ich schnappte mir die Klobürste und rannte hinter ihm her.

SO, WIE ICH

Wieder dieser schnelle, mich abschätzende Blick, gefolgt von einem unglaublich faszinierenden Lächeln. Ich schmolz dahin, rutschte nervös auf der Stuhlfläche umher. Unterdessen servierte sie einem fettleibigen Gast ein weiteres Bier. Sie kehrte mir dabei den Rücken zu. Was für eine Figur!

Pssst, Toni, flüsterte mein Verstand. Bleib jetzt ganz cool. Bilde dir nichts ein! Vielleicht will sie nur freundlich sein? - Nein, diesen Blick kenne ich; tiefgründig, doch gleichzeitig voller Glut. Ein Blick, der Männer in geistlose, hechelnde Idioten verwandeln konnte.

Kein Gedanke mehr an mein ödes Schichtarbeiterdasein, vergessen mein einsames Singleleben mit seinen langen trostlosen Wochenenden. Nur sie, diese mich um Haupteslänge überragende Schönheit, mit dieser dichten dunklen Haarpracht, interessierte mich jetzt.

Gott, wäre ich nach der Spätschicht gleich nach Hause gegangen und nicht in dieses neue mexikanische Restaurant, hätte ich sie wahrscheinlich niemals kennengelernt.

Wo bleibt sie denn? wisperten meine Gedanken. Was macht sie denn so lange in der Küche? Ist ihr Mann dort hinten? Wahrscheinlich schon! Oder ist sie gar nicht verheiratet? Vielleicht sogar ungebunden, frei - offen fürs

Leben, für die Liebe? Das wäre zu schön, um wahr zu sein!

Ich blickte mich um. Weitere fünf Tische waren spärlich besetzt. Anscheinend alle Außendienstmitarbeiter, alle solo am Tisch, vertieft in rätselhafte Listen, bis auf den Dicken, drei Tische vor mir. Sein Bierglas war schon wieder leer.

Ich nippte an meinem Rotwein, gewann ein Blickduell mit einem der Listenvergleicher und sehnte ihre Rückkehr herbei.

Es war nicht nur ihr schönes Gesicht, das mich in den Bann zog, vielmehr die Art, wie sie sich bewegte, der seidenweiche Klang ihrer Stimme, ihr betörender Duft, von dem ich reichlich trank wie von lieblichem Wein, während sie meine Bestellung aufnahm und mir einen langen Blick ihrer tiefschürfenden, dunklen Augen schenkte.

Schwarze Diamanten!

TONI, TONI, TRÄUMST DU SCHON WIEDER? WAS SOLL DENN DAS? KOMM SOFORT HER!

O nein! Nicht DU! Nicht jetzt! Verschwinde aus meinen Erinnerungen. Dich gibt es nicht mehr - nicht mal mehr deine tiefe mächtige Stimme.

Da... da war sie wieder. Sie lächelte mir erneut zu. Herrliche volle Lippen, weiße, makellose Zähne.

Sie servierte dem Dicken eine gut gefüllte Grillplatte. Beim

Anblick der Familienportion feixte der Fleischberg vergnügt, bestellte sogleich einen doppelten Steinhäger, und lachte dröhnend auf, als sie sich hastig vom Tisch entfernte.

Mistkerl! Dem sollte man... Auch seine Augen schienen förmlich an ihr zu kleben, verfolgten jede ihrer Bewegungen.

Soll es hier und heute geschehen, dass ich und sie…? Was gäbe ich für eine Nacht mit ihr!

LOS, DIE HOSEN RUNTER, TONI. ALS BUßE ZEHN LEKTIONEN MIT MEINEM GÜRTEL.

Lass mich endlich in Ruhe, Vater! Lass mich in R-U-H-E! Und nenn ausgerechnet du mich nicht Toni, verdammt noch mal!

Der Dicke kratzte sich ungeniert im Schritt, schaufelte dann mit unglaublicher Geschwindigkeit einen Fleischbrocken nach dem anderen in seinen Mund. Wahrhaftig, kein schöner Anblick...

Diese wunderbaren Bilder in meinem Kopf: Unsere Lippen begegnen sich voller Begierde. Wir trinken einander, vermengen unseren Speichel. Im warmen Licht der flackernden Kerzen fließt ihr Haar in dunklen Wogen bis zu ihren Hüften hinab. Meine Hände gleiten fiebrig ihren Leib entlang, hinab zu ihren Lenden. Ich begehre sie wie keine Frau vor ihr.

Plötzlich stand sie vor mir, lächelte mich an, in ihren Händen der Bauernsalat, den ich bestellt hatte. Ich fühlte mich meiner Gedanken ertappt, wurde rot bis unter die Haarspitzen. Mein Hals war wie zugeschnürt, während sie mir einen guten Appetit wünschte und sich wieder entfernte - bevor ich etwas zu sagen vermochte. Jesus, Maria und Josef! Ich wünschte, sie würde mich genauso begehren wie ich sie.

WIMMRE NUR, TONI. ICH STRAFE DICH DOCH NUR AUS LIEBE. KOMM, RUTSCH RÜBER! PAPA TRÖSTET DICH EIN BISSCHEN.

Ich verbannte seine Stimme in die für ihn reservierte Schublade, wie all die vielen Jahre schon, seit ich Zuhause ausgezogen war.

Der Salat war ein Gedicht, doch den größten Genuss bereitete mir das imaginäre Dessert in meinem Kopf, während sie mir von der Theke her ein atemberaubendes Lächeln zuwarf.

Oder bildete ich mir... *Ich öffne die kleinen Knöpfe ihrer Bluse, um die zarte Haut ihres entblößten Bauches zu liebkosen. Den Kopf zurückwerfend genießt sie, dass meine Zunge ihren Bauchnabel erkundet. Sie drückt meinen Kopf gegen ihren Leib; kleine Gluckser entfliehen ihren Lippen. Ich stehe auf, schaue zu ihr hoch, versinke in ihrem Blick.*

LOS, INS BAD UND DUSCH DIR DEN HINTERN, TONI! WENN DU DEINE HAUSAUFGABEN FERTIG HAST, WECKST DU MICH WIEDER! DU WEIßT, WENN DU MAMA WAS ERZÄHLST, KOMMEN WIR INS GEFÄNGNIS. JAHRELANG. UND MAMI WÜRDE BITTERLICH WEINEN...

Warum, in Gottes Namen, musste ich ausgerechnet jetzt seine Stimme hören? Fünf Jahre nachdem sein Magenkrebs ihn langsam aufgefressen hatte.

Allmächtiger, warum hast du mich hierher geführt, um mich zu quälen mit meinen Erinnerungen... meinen Träumen, Wünschen und gefangen von ihrem Zauber?

„Ich heiße Albert", dröhnte die Stimme des Fetten durch das Lokal hinüber zur Theke. Die junge Mexikanerin nickte nur freundlich. Es schien ihr unangenehm, dass der angetrunkene Gast sie ins Visier nahm. „Bring mal ´ne Flasche Schampus, Süße, und zwei Gläser für uns!"

Was bildete der sich eigentlich ein? So ein Stiernacken! Wie Adonis sah er ja nun wahrhaftig nicht aus: schwabbelig, ordinär und sicherlich kümmerlich bestückt zwischen den Beinen.

© by 2017 Uwe Wedemeyer, Bahnhofstr. 22 77746 Schutterwald
uwe.wedemeyer@gmx.de

Mittlerweile waren er und ich die einzigen Gäste. Von mir unbemerkt, waren die anderen gegangen.

Zugegeben, sie war etwas ungeschickt beim Öffnen der Flasche, aber das gab „Speckbauch-Albert" nicht das Recht, kurze grunzende Laute auszustoßen, während ihre Hand den rutschigen Flaschenhals auf und nieder fuhr, bis es ihr endlich gelang, den Korken zu ziehen, sie aber nicht verhindern konnte, dass weißer Schaum über ihre Hand perlte.

DAS MACHST DU DOCH GERN, TONI. SAG MIR, DASS DU DAS GERN MACHST!

Verschwinde!

Mit einem aufgesetzten Lächeln brachte sie den Champagner zum Tisch.

„Und, wo ist das zweite Glas?" fragte Albert ungehalten.

„Tut mir leid", antwortete sie. „Ich trinke nie Alkohol."

Der Dicke schnaubte verächtlich. „Nun komm schon, Süße. Das Prickelwasser wird dein feuriges Blut so richtig in Wallung bringen." Er lachte scheppernd auf, als hätte er den Witz des Jahrhunderts gerissen.

Sie schüttelte verneinend den Kopf. „Danke, Señor, wirklich nicht." Bevor Albert sie weiter bedrängen konnte, war sie auch schon wieder in der Küche verschwunden.

Ich betrachtete meinen ungeschickten Nebenbuhler, sah

auf die Uhr und beschloss, noch auszuharren, damit ich mich noch ein wenig an ihr sattsehen - träumen konnte.

Ich knie zwischen ihren Schenkeln, sie drängt sich mir entgegen. Ich bedecke sie mit zarten, empfindsamen Küssen, spüre ihre Fingernägel in meinem Rücken.

WAS HÄNSCHEN NICHT LERNT, LERNT HANS NIMMERMEHR. SAGT DIR DAS WAS, TONI? FRÜHERZIEHUNG ZAHLT SICH HALT AUS. HA, HA, HA.

Halts Maul! Du Scheusal! Du bist tot - tot -tot!

War sie überhaupt die Richtige für mich? Vielleicht irrte ich mich ja, und sie war nicht so, wie ich dachte und es mir wünschte. Was war, wenn sie auf feiste Kerle stand? Nein, das konnte, durfte nicht...

Die Nacht ist noch jung. Sie schläft. Mein Kopf ruht auf ihrem Schoß. Ich atme daraus. Sie ist vollkommen erschöpft, der Schweiß auf ihrem Körper kaum getrocknet.

„Wo bleibst du denn?", herrschte Albert die junge Frau an, als sie aus der Küche trat. Abrupt blieb sie stehen; ihre Mimik glich einer in Szene gesetzten schauspielerischen Glanzleistung, war aber real und live. Ihre entgleisten Gesichtszüge verwandelten sich wie in Zeitraffer zur entschlossenen, wütenden Mundpartie einer kurz vor der

Explosion stehenden Furie.

Doch bevor sie ihre Krallen ausfahren und sein Gesicht verunstalten konnte, winkte Albert gebieterisch ab. „Okay! Okay! Ich verstehe!" Er näherte sich ihr.

Plötzlich wedelte er mit einem Bündel Geldscheinen vor ihrem Gesicht herum. „Reicht das für eine Nacht?"

Ich war nahe daran aufzuspringen, um ihm einen derartigen Tritt in die „Familienjuwelen" zu verpassen, dass danach Frauen anbaggern nie wieder ein Thema für ihn sein würde, aber ich traute mich nicht. Noch nicht! Er war so viel größer als ich.

„Raus!" Ihre Stimme durchschnitt den Raum wie ein scharfes Schwert.

„Raus!" wiederholte sie ihre Aufforderung, diesmal leise, fast zischend, doch unglaublich zwingend. „Bevor ich Sie vor die Tür werfen lasse!" Sie deutete zur Küchentür, als erwarte sie jeden Augenblick, ihren Mann herausstürmen zu sehen, eine blitzende Machete in den Händen und ein grausames weißes Zähnefletschen auf den Lippen.

Alberts Hängebacken schienen plötzlich in Flammen zu stehen. Er schnappte empört nach Luft, sah kurz zu mir rüber, als erhoffte er sich ausgerechnet von mir Hilfestellung, warf dann wortlos einige Geldscheine auf den Tisch und stapfte wutentbrannt zur Tür hinaus.

Sie lächelte mich an und spreizte gleichzeitig Zeige- und Mittelfinger zum V. „Puh", sagte sie und pustete sich eine Locke aus der Stirn. „Das war knapp."

„Warum?" fragte ich.

Sie trat an meinen Tisch, setzte sich und zündete sich eine Zigarette an. „Weil nur meine Mutter und ich hier sind. Sie kocht, ich bediene."

Wir sahen uns an und brachen in schallendes Gelächter aus.

„Und ich natürlich", sagte ich nach dem Lachanfall. „Ich bin auch noch hier".

Mit ihren tiefschwarzen Augen sah sie mich lange schweigend an. „Ob Sie mir eine große Hilfe gewesen wären?"

„Klein, aber oho", lachte ich. „Übrigens, ich heiße Toni."

„Toni?"

Wieder dieser abschätzende Blick. Mir wurde heiß und kalt. Sie wischte mit der Fingerspitze einen Tropfen Wein vom Glasrand und tupfte ihn an *meiner* Unterlippe ab. Die Zeit schien stillzustehen, während sie mich unentwegt musterte.

„Eigentlich - Antonia", sagte ich und sah ihr offen ins Gesicht. „Aber für Freunde Toni."

© by 2017 Uwe Wedemeyer, Bahnhofstr. 22 77746 Schutterwald
uwe.wedemeyer@gmx.de

Ein feines Netzwerk kaum sichtbarer Fältchen zeichnete sich um ihre Augenwinkel ab. Sie nippte von meinem Wein und prostete mir lächelnd zu. „Auf das Glück und die - interessanten Augenblicke im Leben, Toni! In einer halben Stunde bin ich fertig."

BIS DASS DER TOD UNS SCHEIDET

Ehrfürchtig starrte Edwin Heuberger auf den mächtigen Kastanienbaum, dessen Krone weit über den Giebel der zweigeschossigen Villa hinausragte. "Mein Gott! Was für ein Monstrum! Das ist doch wohl nicht dein Ernst, Danner! Oder?"

"Keine Bange, Edwin", antwortete Helmut Danner lakonisch. "Das wird ein Kinderspiel. Wirst schon sehen."

In der aufsteigenden Hitze des Vormittags ließ er seinen Blick weiterschweifen. "Meinst du doch auch, Richard. Nicht wahr?" Er richtete sich an seinen anderen Kneipenfreund, zog aus seiner Hosentasche ein fleckiges Taschentuch und wischte sich über die Stirn.

Richard Küderle brachte lediglich ein Kopfnicken zustande, während auch er den stattlichen Baum begutachtete.

Danner hob seine Bierflasche. "Lasst uns erst mal was trinken und dann erkläre ich euch, wie ich mir das vorgestellt habe."

Dieses Angebot beschwichtigte selbst den magersüchtigen Edwin, dessen Lebensuhr bereits ihrem Ende zu tickte; noch vier - höchstens fünf Monate, aber das wusste nur sein Arzt.

Ihrem wohlbeleibten Gastgeber und Saufkumpanen zuprostend, begannen sie, ihre Flaschen zu leeren.

Während Danner an diesem Morgen sein viertes Bier trank,

zogen Bilder aus seiner Vergangenheit vorüber: der Wunsch seines Vaters, dass er ein berühmter Fußballspieler werden würde. Er war zwölf, als er es versuchte. Nach zweiundzwanzig Minuten und drei schmerzhaften Tritten gegen die Schienbeine beendete er seine Fußballkarriere.

Nach dem Abitur studierte er insgesamt achtundzwanzig Semester Chemie, Biologie und Medizin, ohne einen einzigen Abschluss.

Mit dreiunddreißig musste er seinen ersten Job als Lagergehilfe annehmen, weil sein Vater die monatlichen Zahlungen einstellte. In der Spedition lernte er seine Frau kennen, eine langweilig aussehende Brünette, die allerdings einen hervorragend bezahlten Abteilungsleiterposten innehatte.

Ein Jahr später verstarb sein Vater; Danner reichte die Scheidung ein und zog zurück zu seiner Mutter, schließlich kannte sie sich in finanziellen Angelegenheiten nicht so gut aus.

Außerdem bestand *sie* nicht darauf, dass er jeden Morgen in aller Herrgottsfrühe aufzustehen hatte.

Zwei Monate vor seinem vierzigsten Geburtstag fand er die Mutter bewusstlos in der Küche. Schwerer Schlaganfall. Das

Mittagessen fiel aus.

Er ließ sie in einem privaten Pflegeheim unterbringen; plötzlich verfügte er über viel Geld.

Nach fünf durchzechten Jahren hatte er enorm an Gewicht zugelegt, während die Ersparnisse seiner Eltern rapide abgenommen hatten. Er ließ seine Mutter in ein staatliches Pflegeheim verlegen, schließlich war es ihm einerlei, wo sie dahinsiechte.

Als sie vier Jahre später starb, hinterließ sie ihm die inzwischen verwahrloste Villa und die kaum mehr vorhandenen Ersparnisse.

Aus dem Schlund von Edwin ertönte ein lautes Röhren. "He, Dicker, was ist? Träumst du?"

Schlagartig zerplatzten die Bilder in Danners Kopf.

Scheiße! Er war der Letzte beim Kampftrinken. Selbst Richards Flasche war schon leer. "Schon gut, Jungs. Ich gehe rein und hole drei neue." Die leeren Flaschen deponierte er in einem der bis zur Decke gestapelten, teils staubbedeckten, Bierkästen. Mit drei Flaschen eisgekühltem Kronen-Bräu kam er zurück. Bevor er den Freunden seinen Plan erläuterte, stießen sie erneut an.

"Darfst du denn den so einfach umsägen?", fragte Richard vorsichtig, denn er kannte Danners Wutausbrüche. "Ich meine, du brauchst doch sicherlich eine Genehmigung vom Landratsamt?"

"Scheiß auf die Genehmigung", polterte Danner auch schon los. "Das ist mein Haus, mein Grundstück und mein Baum. Dieses *Wunder der Natur* hat mein Vater zu meiner Geburt gepflanzt. Den säge ich um, wann es mir passt. Klar?"

Edwin versuchte, ihn zu beschwichtigen. "Reg' dich wieder ab, Danner, was ist, wenn dich jemand anzeigt?"

Danner schüttelte den Kopf und kippte Bier nach. "Der einzige, dem der Baum fehlen wird, ist der Nachbarsjunge. Der und seine Freunde: Rotzlöffel! Die hab' ich schon beim Klettern erwischt. In meinem Garten! Drecksbande! Und sein Vater, dieser Schreiberling, der soll nur kommen." Er fuchtelte mit der Faust zum Nachbargrundstück hinüber.

"Du hast einen Schriftsteller zum Nachbarn?" fragte Edwin. "Das hast du ja noch nie erzählt."

"Hmmmh." Danner zuckte mit den Achseln, während er seine Flasche leerte. "Und? Ist das was Besonderes?" Achtlos warf er die Flasche über seine Schulter ins hohe Unkraut.

Nachdem diesmal Edwin für Nachschub gesorgt hatte, musste er auch noch in den Baum klettern, denn Danner und Richard versagten kläglich, als sie sich mit einem Klimmzug auf den untersten Ast ziehen wollten.

Danner besaß zwar eine Leiter, aber um an die heranzukommen, hätte er etwa zweihundert leere Kästen im Keller zur Seite räumen müssen. Es musste auch so gehen. Edwin befestigte in der Krone ein Stahlseil, dessen Ende Danner um eine Buche schlang; mit einer Winde zogen sie es stramm.

"Was schreibt 'n der so?", nahm Edwin, als er wieder unten stand, das Thema noch einmal auf.

"Was weiß ich denn?", knurrte Danner. "Hab' noch nie was von dem gelesen."

Flasche heben, schlucken, Mund abwischen. "Der sitzt den ganzen Tag vor seinem Computer, säuft literweise Rotwein, vögelt in der Gegend rum, und seine Frau verdient die Kohle. Angeblich soll er 'ne neue Freundin haben. Sie ist vierundzwanzig, er zweiundvierzig. So etwas wie große Liebe..." Er würgte weitere Erklärungen mit einer verächtlichen Handbewegung ab.

"Vielleicht ist er ein zweiter Günter Grass?", mutmaßte Richard mit einem Lächeln.

"Kenne ich nicht", sagte Danner. "Wohnt der auch in Offenburg?"

Richard prustete los - die anderen beiden nicht.

"Ex und hopp", forderte Danner schließlich, dem so ziemlich alles egal war, solange er genug Bier im Haus hatte.

Obwohl Richard als letzter die Flasche ansetzte, verlor Edwin das Wetttrinken, da er mitten im Schlucken einen seiner qualvollen Hustenanfälle bekam.

Danner klopfte ihm auf den Rücken; es half.

"Jetzt spring' und hol' uns noch ein Fläschchen", forderte er dann den hohlwangigen Edwin auf. "Und bring die Kettensäge mit!"

Es dauerte zehn Minuten, bis er zurückkehrte. Er grinste verlegen, als die anderen die Beule auf seiner Stirn bemerkten.

"Hab' das Klo gesucht und bin gegen eine Mauer aus Bierkästen gelaufen."

Danner und Richard lachten.

"Bei mir musst du schon aufpassen", grinste Danner. Und dann mit ernster Miene: "Das ganze Haus ist voll davon; ist eine gute Kapitalanlage. Vor Jahren habe ich noch vier Mark Pfand bezahlt. Jetzt kriege ich drei Euro dreißig, wenn ich sie wieder abgebe. Ungefähr fünfhundertzwanzig Kisten - bis jetzt." Er wies mit dem Daumen zum Haus, hob seine Flasche und unterband somit jeglichen Kommentar.

"Jetzt spülen wir uns ordentlich den Rachen, und dann will ich dieses Monstrum den Heldentod sterben sehen."

Auch dem Kastanienbaum prostete er zu: "Bis dass der Tod

uns scheidet, alter Kumpel."

Dann vernichtete er den halben Liter auf Ex, rülpste ungeniert, stellte sich an den Baum, grinste böse und pinkelte ihn an.

Da waren sie wieder, diese Geräusche, die ihn die letzten Monate um den Schlaf gebracht hatten. Der wahre Grund, warum er den Baum weg haben wollte.

Diese entsetzlichen Ängste, die er Nacht für Nacht durchlitt, diese sanfte Stimme, die ihn fortwährend rief, begleitet vom Streicheln junger Hände, gefolgt vom fordernden Antippen winziger Knöchelchen an die Fensterscheibe, sie trieben ihn in den Wahnsinn.

Mach auf, Helmut. Komm, öffne das Fenster. Du und ich... Ich und du... Lass dich umarmen, Bruder!

Danner war schlagartig wach. Ein ängstliches Quieken stahl sich zwischen seinen Lippen hindurch, während seine Augen das Schattenspiel am Schlafzimmerfenster unentwegt beobachteten.

Es war nicht möglich, überhaupt nicht möglich. Er drückte seine Hände gegen die Augen, nahm sie wieder runter. Der Baum war immer noch da - obwohl er ihn eigenhändig gefällt hatte.

Edwin, Richard und er hatten danach drei weiteren Kästen Bier den Garaus gemacht, bis er sie schließlich, kurz vor den Tagesthemen, an die Luft gesetzt hatte.

Danner schwang die Beine aus dem Bett, den Blick starr aufs Fenster gerichtet. Er musste raus hier - jetzt, sofort - sonst würde er verrückt werden. Vorsichtig erhob er sich, ließ die jungen Triebe und Äste nicht aus den Augen.

Ein kaum hörbares Wischen, gedämpftes Klopfen, leises Rascheln.

Danner setzte zum ersten Schritt an, schrie dabei gellend auf und schlug der Länge nach hin.

Seine rechte Wade! Irrsinnige Schmerzen, als hätte ihm jemand eine Säge ins Fleisch getrieben. Feuchtigkeit rann an seinem Schenkel herunter. Wieder gellte sein Schrei durch das verlassene Haus, als sich der Schmerz in den Muskel seines anderen Beines grub.

Die Äste vor seinem Fenster gerieten immer heftiger in Bewegung, als peitschte sie ein böiger Wind.

Völlig von Sinnen kreischte Danner seine Qual in die Nacht hinaus.

Zwischen Irrsinn, Schmerz und Geschrei spulte sich ein Film vor seinen Augen ab, den er so noch nie gesehen hatte:

Sein Vater, der ihn nach der Geburt zärtlich in den Armen

hielt, der ihn badete und ihn mit den Worten begrüßte: "Schön, dass du geboren bist."

Sein Vater, der am gleichen Tag, vor fast vierundfünfzig Jahren, einem alten Brauch folgte und die Nachgeburt seines einzigen Kindes vergrub, um darauf den frischen Trieb eines jungen Kastanienbaumes zu pflanzen.

GLEICHKLANG

Als ich verstand, war es bereits zu spät. Ich sah auf, sah ihr in die Augen... unglaubliche Augen. Die Frau war wunderschön...

Fünf Jahre sind seitdem vergangen; ich hatte gerade mein Abitur in der Tasche, und Vater honorierte meinen guten Notendurchschnitt mit einer Deutschlandtour.

Zugegeben, ein ungewöhnlicher Wunsch für einen Neunzehnjährigen, aber ich wollte unbedingt meine Heimat kennenlernen. - Genaugenommen den Osten Deutschlands.

Ich fand die Pension in einer ruhigen Seitenstraße im Süden von Leipzig. Als die Frau die Tür öffnete, musste ich ihr ein seltsames Bild vermittelt haben. Mit offenem Mund starrte ich sie an. Sie schien mir sofort vertraut, als würde ich sie schon ewig kennen. Sie hatte mittelblonde Haare, eine schmale Nase und die schönsten Augen, die ich je gesehen hatte. Sie trug ein elegantes Kostüm - und sie war mindestens doppelt so alt wie ich.

Mein verdatterter Gesichtsausdruck schien sie zu verwirren. Unmerklich schüttelte sie den Kopf. "Einen Moment lang habe ich Sie für jemand anderen gehalten", sagte sie schließlich. "Was kann ich für Sie tun?"

"Ich... ich hätte gern ein Zimmer."

"Ja, natürlich. Kommen Sie doch rein." Sie sah einfach umwerfend aus, wenn sie lächelte. Sie zeigte mir das Zimmer. Es war nicht sehr groß, aber gemütlich eingerichtet.

"Sind Sie das erste Mal in Leipzig?", fragte sie.

"Ja. Ich lerne gerade den Osten kennen. Sie können aber gerne Marc zu mir sagen, Frau Malik." Tolle Konversation. Ich kam mir wie ein Einfaltspinsel vor.

"Und ich bin Linda", sagte sie spontan und reichte mir ihre Hand. "Ich wünsche dir eine gute Zeit hier, Marc. Du packst am besten erst mal aus", sagte sie und wandte sich zur Tür.

Ihr langes Haar bewegte sich sanft im Luftzug. "Wenn du etwas brauchst, melde dich. Jetzt muss ich schnell Collin, meinen Sohn, anrufen."

Eine Stunde später ging ich hinunter ins Wohnzimmer. Linda saß in einem Ledersessel und schaute fern, die Beine über die Lehne gelegt. Sie blickte auf, als ich eintrat.

"Hallo, Marc", lächelte sie. "Brauchst du irgendwas?"

"Nein", sagte ich. "Ich werde wohl noch ein wenig die Stadt erkunden, vielleicht auch ins Kino gehen. Mal sehen."

"Wenn du dich mit einer älteren Frau nicht schämst, könnte ich dir ja etwas von Leipzig zeigen?"

Sie war höchstens Ende dreißig, wirkte aber jünger. Verzweifelt suchte ich nach einem Kompliment, brachte aber keines über die Lippen. Mein Schweigen wertete sie als Einverständnis. "Aber erst möchte ich dir etwas zu trinken anbieten. Rotwein?"

Ich nickte.

Sie ging zu der kleinen Bar, wo die Weinflasche stand ein halbtrockener Badischer Rotwein, den ich auch daheim schon getrunken hatte. Sie beugte sich über den Tresen, wobei sie sich so drehte, dass sich ihre Brüste unter der weißen Bluse deutlich abzeichneten.

Was für eine Frau! Sie füllte zwei Gläser und hielt mir eines entgegen.

Ich ging zu ihr und versuchte, mir meine Verlegenheit nicht anmerken zu lassen. Wir prosteten uns zu, dann setzte sich Linda mit einer Pobacke auf einen Barhocker, so dass ihr bordeauxfarbener Kostümrock ein Stück die Oberschenkel hoch rutschte. Sie trug keine Strümpfe. Rasch sah ich weg - und leerte das halbe Glas.

Mit der Fernbedienung schaltete sie auf MTV um. Wieder tranken wir einen Schluck. So langsam begann ich den Alkohol zu merken.

"Marc." Sie legte mir eine Hand auf den Arm, zog sie aber gleich wieder zurück. "Erzähl doch mal ein bisschen von dir oder von deinen Eltern."

Ich plapperte los wie Dieter Thomas Heck. "Die sind seit

einiger Zeit geschieden. Ich komme gut mit ihnen aus und rechne ihnen hoch an, dass keiner von beiden mich auf seine Seite ziehen will."

Jetzt fühlte ich wieder festen Boden unter den Füßen, hatte mich unter Kontrolle. "Vater hat mir diese Reise geschenkt; ist immer noch recht cool, der alte Herr. Ich denke, er wird nie richtig erwachsen, aber sonst..."

"Du scheinst viel von ihm zu halten.", sagte sie.

"Er ist mein bester Freund." Ich lachte kurz auf. "Er hat mir eine ellenlange Liste mit ostdeutschen Pensionen ausgedruckt und oben drauf eine aufgeladene Kreditkarte gelegt, damit ich die Übernachtungen auch bezahlen kann."

Linda nickte nur und zeigte dabei ein seltsames Lächeln.

"Und, bist du schon in festen Händen, Marc?" fragte sie unvermittelt.

"Nein." Jetzt fühlte ich mich wieder unsicher. Irgendwie nahm mir das Gespräch über meine wenigen Erfahrungen die Sicherheit. "Und du, bist du verheiratet?" - Gerettet!

"Nicht mehr. Er war Eisenbahner. Er war süß. Richtig niedlich. Aber unsere anfängliche Verliebtheit ist schnell zur Gewohnheit geworden. Drei Jahre. Es war ein Fehlgriff. Dann lernte ich Collins Vater kennen. Wir verlebten eine wunderschöne Zeit, aber wir waren uns wohl zu ähnlich. Außerdem war er damals verheiratet. Seit zwei Jahren lebe ich mit meinem jetzigen Freund zusammen. Er ist Spediteur; dauernd unterwegs."

Sie erhob sich, suchte aus einem Bücherregal ein Fotoalbum heraus, durchquerte den Raum und setzte sich auf die schwarze Couch.

Sie klopfte mit der flachen Hand neben sich. "Für seine neun Jahre ist Collin groß, findest du nicht?" Sie öffnete das Album.

Ich setzte mich neben sie. Mir wurde es warm. Die Couch war klein und ich spürte ihren Schenkel an meinem Bein. Nur mühsam konzentrierte ich mich auf die Fotos.

Ihr Sohn war ein hübscher Bursche. Blonde Haare, schmales Gesicht, blaue Augen. Er sah fast aus wie ich, in Kindertagen. In ein paar Jahren würde er der Mädchenschwarm seiner Schule sein.

"Schade, dass Collin allein aufgewachsen ist", sagte Linda und blies sich eine Haarsträhne aus der Stirn. Sie trank einen Schluck Rotwein. "Du siehst gut aus, Marc. Collin hat auch viel von... von seinem Vater."

Gedankenversunken blickte sie kurz in ihr Glas, dann lächelte sie wieder. "Das muss genetisch bedingt sein."

"Das ist es auch", sagte ich. "Ich kann mich noch gut an die Zeit erinnern, in der ich *"Ganzderpapa"* für meinen Nachnamen hielt."

Linda lachte. Sie sah einfach wunderschön aus. Ihr Haar umspielte samtweich ihr Gesicht. Ihre Augen waren blau, halb verdeckt von ihren schweren Augenlidern. Sie hatte volle Lippen. Dann hielt sie mir ihr Glas entgegen. "Schenkst du uns noch mal nach?"

Ich erhob mich und ging zur Bar hinüber. "Wo ist dein Sohn jetzt?"

"Er ist mit seinem Vater für vierzehn Tage auf Rügen - und mein Freund ist in Polen."

Ich lachte auf. „Was ein Zufall. Mein Vater ist auch auf Rügen. Vielleicht sehen die beiden sich ja zufällig."

Ich stellte die Gläser auf den Couchtisch und setzte mich wieder. Sie und ich, wir waren allein. Schnell trank ich einen Schluck.

"Ist mein Freund ein Problem für dich?" - Frontalangriff!

Ja, natürlich ist er das! Aber das getraute ich mich natürlich nicht zu sagen. Irgendwo tief in mir drinnen begehrte ich diese Frau mit jeder Faser meines Körpers. Ich wollte sie berühren, sie erkunden, sie erleben. Aber ich wollte keine Affäre mit ihr, nicht einmal einen One-Night-Stand.

Obwohl ich ihren Freund nicht kannte, glaubte ich, die Enttäuschung in seinem Gesicht nicht ertragen zu können, bekäme er je heraus, dass ich und sie...

"Ich weiß nicht so recht", log ich und nippte an meinem

Wein. "Vielleicht sollten wir jetzt gehen?"

Sie ging nicht darauf ein. Ihr Gesicht war ganz nahe; sie hatte den Mund halb geöffnet; ich versank in ihren Augen. Dann hauchte sie mir einen zarten Kuss auf den Mund. „Du bist echt süß", sagte sie.

Ich musste erst begreifen, was sie gerade getan und gesagt hatte. Ich roch ihr Parfum, schmeckte immer noch ihren Kuss.

"Du bist gebunden, Linda."

"Marc... Ich will dich!"

"Linda, warte-"

Sie kam mir entgegen, presste ihre Lippen auf meinen Mund, drängte ihre Zunge zwischen meine Zähne, biss mir sanft in die Unterlippe. Es war wundervoll. - Ich drückte sie von mir weg.

"Hör zu, Linda..."

Ihre blauen Augen schienen mich regelrecht zu hypnotisieren. "Du spürst es auch, Marc, dieses Kribbeln im Bauch. Sag jetzt nichts! Nein..."

Sie drückte mich rücklings auf die Couch, und wieder küsste sie mich. Ich begann, auf sie zu reagieren und sie spürte es. Sie drehte sich so, dass ihre Hand nach unten wandern konnte, und als sie meine Erektion durch die Hose hindurch fühlte, stöhnte sie auf.

Widersprüchliche Bilder und Gefühle stürzten auf mich ein -

mein Verlangen nach ihr, das enttäuschte Gesicht ihres Freundes...

Sie zerrte an meinem Reißverschluss.

"Stopp, Linda... Genug..."

Sie hatte den Reißverschluss geöffnet; streifte meine Hose hinunter. "Oooh! Sei still, Marc. Und lass mich!" sagte sie mit heiserer Stimme. "Nur ein bisschen."

Ich spürte ihren feuchten Mund, ihre Zunge, spürte, wie sich mein Rücken vor Anspannung bog.

Eigentlich wollte ich das hier nicht. Sie lebte in einer Beziehung. Ich nicht. Ich versuchte, sie von mir zu lösen.

"Linda..."

"Mein Gott, wie erregt du bist." Sie hob ihren Arm und drückte mir die Finger auf die Lippen. "Psst! Oder gefällt dir das nicht?" Ihre Stimme war seidenweich.

"Doch... natürlich gefällt es mir", sagte ich, "aber ich…"

"Dann lass mich!"

Ich sah hinunter, sah ihre angewinkelten Beine, ihren Kopf, den sie über mich gebeugt hatte.

Wann sie ihre Bluse und den BH geöffnet hatte, blieb mir ein Rätsel. Ihre Brüste waren groß und fest. Sie stöhnte auf, als ich ihre harten Brustwarzen zwischen die Finger nahm. Ich spürte ihren Körper, ihre Hände, ihren Mund. Die Musik klang mit einem Mal gedämpft. Meine Bedenken erschienen mir jetzt weit weg, es gab nichts mehr als diese Frau und mein Verlangen nach ihr.

Ich konnte und wollte mich nicht mehr zurückhalten. Ruckartig setzte ich mich auf, drückte sie zurück, streifte ihren Rock über ihre Hüften, schob meine Hände zwischen ihre Beine und fühlte ihren warmen, feuchten Slip. Ich zerrte daran. Sie wandte sich, um mir zu helfen, und stieß ihn dann von ihren Füßen.

Ihre Fingernägel gruben sich in meine Schulterblätter. - Und dann war ich in ihr...

Ich erinnere mich gerne an Linda. Es war eine tolle Zeit. Eigentlich wollte ich damals nur zwei Tage in Leipzig bleiben; es wurden zwei Wochen daraus. Es gab nichts, was sie nicht selbst gern ausprobierte... Phantasien erleben. Wahnsinn!

Mein Vater holte mich damals vom Bahnhof ab. Eine seiner guten Seiten war, dass er mich nicht gleich mit Fragen bombardierte. Auf der Rückfahrt erzählte er von seinen Geschäftsabschlüssen auf Rügen und in Dresden. Erst als wir fast zu Hause waren, fragte er mich, ob ich eine gute Zeit gehabt hätte.

"Dreh um, und fahr mich zurück", sagte ich. Er akzeptierte

meine wortkarge Antwort und wählte eine Phil-Collins-CD auf seinem CD-Wechsler.

"Ich glaube, ich weiß, wie du fühlst", lächelte er - und fuhr weiter.

Erst Jahre später, erfuhr ich, dass er bis zur Scheidung von meiner Mutter ein Doppelleben geführt hatte.

Er erzählte es ohne Reue, denn seinen Worten nach hatte er mit seiner früheren Geliebten eine wunderschöne Zeit verbracht. Dass er Linda für mein erstes Mal ausgesucht hatte, stritt er ab, was ich allerdings nicht glaubte.

„Ja, wir hatten eine wunderschöne Zeit damals", sagte Linda später, als ich sie und meinen Halbbruder Collin besuchte und ich sie von Vater grüßen ließ.

HERZKLOPFEN

Kein Mensch mehr auf der Straße, nicht einmal eine Katze kreuzte ihren Weg. Nur sie, die nächtlich beleuchteten Schaufenster und dieser elende Nebel. Sie fror entsetzlich, beschleunigte ihre Schritte und fragte sich gleichzeitig, ob die anderen noch lange zusammenhocken würden?

Eigentlich wollte Lilly gestern Abend mit ihren Freunden in ihren dreiundzwanzigsten Geburtstag reinfeiern. Ganz friedlich, nachdenklich, meditativ - auf dem Friedhof. Sie praktizierten einen Kult, der bei ihren Bekannten auf wenig Verständnis traf. Sie hüllten sich in weite schwarze Gewänder, schminkten Gesicht, Hals und Hände kalkweiß und unterstrichen ihre Seelenpein dadurch, dass sie sich ihrem depressiven Tick auf dem Friedhof hingaben. Gothic nannten sie diesen Fetischismus.

Lilly schlug die Arme um sich, fröstelnd eilte sie weiter durch die leere Fußgängerzone.

Nachdem sie fluchtartig den Friedhof verlassen hatten, es war gestern Abend gegen halb zwölf gewesen, waren sie ins "Jonathan" gegangen. Ihr Herz schien immer noch zu flattern, wenn sie nur an das Erlebnis am Grab zurückdachte. Irgendetwas Grauenvolles war in der dunklen Erde gewesen, etwas Unfassbares, von dem sie überhaupt nicht wissen wollte, was es war.

Josi hatte sich erst beruhigt, nachdem sie drei doppelte Cognacs in sich hineingeschüttet hatte. Selbst Luca war derart von der Rolle, dass er zum ersten Mal in seinem Leben zu einer von Josis selbstgedrehten Lungentorpedos griff und sich fast die Lunge aus dem Hals hustete. Linus hatte fürsorglich seinen Arm um Josis Schultern gelegt und versuchte, den Vorfall ins Lächerliche zu ziehen. "Das war bestimmt der Butzemann", hatte er zu scherzen versucht, doch keiner von ihnen konnte darüber lachen.

Sie hatten sich lange im Flüsterton über den unheimlichen Vorfall unterhalten, denn die wenigen Gäste im "Jonathan" beobachteten sie unentwegt. Die unterschiedlichsten Vermutungen wurden aufgestellt. Selbst ihren größten Widersacher, Paddel, den Totengräber, verdächtigten sie, hatten dies letztendlich aber wieder verworfen. "Er *tut* nicht genug Grips haben in seiner hohlen Birne", hatte Josi die Sprechweise von Paddel nachgeahmt und zum ersten Mal an diesem Abend wieder gelächelt. "Der Teufel soll ihn holen."

Auf jeden Fall war der Friedhof bis auf weiteres für sie gestorben. Es gab noch andere Möglichkeiten, ihren Kult zu zelebrieren, doch Lilly bezweifelte, das die Gruppe noch sehr lange bestehen würde. Der Schock saß einfach zu tief: die bebende Erde, der vibrierende Grabstein und dieses

Raubtiergebrüll aus der Tiefe des alten Grabes...

Wo war sie eigentlich? Der Nebel lag wie Graupensuppe über der Stadt. Sie vermutete, dass sie ungefähr beim Brillengeschäft Fielmann sein musste.

Plötzlich hörte sie hinter sich Schritte, drehte sich um, konnte aber nichts erkennen. Wer mochte bei diesem Wetter und zu dieser frühen Stunde noch unterwegs sein? Vielleicht Luca, Josi und Linus, die noch im "Jonathan" geblieben waren? Sicherlich nicht, sie mussten in die entgegengesetzte Richtung.

Lilly beschleunigte ihren Gang.

Die Schritte hinter ihr passten sich ihrem Tempo an.

Irgendetwas an den Schritten stimmte nicht. Stimmte ganz und gar nicht und versetzte sie in panische Angst. Mit jedem Schritt verursachte der andere ein hohes und zwei tiefe Geräusche, letztere eindeutig von Absätzen...

Klick. Klack. Klack.

Jetzt verfluchte sie ihr bodenlanges Gewand, das sie einschränkte und behinderte. Oh, Himmel, hilf mir, dachte sie; der Angstschweiß auf ihrer bleichen Stirn vermischte sich mit den Nebeltröpfchen. Ihr Magen schien in den Kniekehlen zu hängen.

Klick Klack. Klack.

Jetzt deutlich näher.

Aber noch nicht nahe.

Der Mann holte schnell auf. Wenn es ein Mann ist, dachte sie und wechselte eilig die Straßenseite. Rechts von ihr war die Boutique Bock. Die leblosen Münder der Schaufensterpuppen lächelten sie traurig an.

Noch einen winzigen Kilometer - dann war sie zu Hause.

Klick Klack. Klack.

Die Angst schnürte ihr die Kehle zu. Sie konnte kaum mehr schlucken. Ihre Beine schienen immer kraftloser zu werden; Kautschuk, der zu lange der prallen Sonne ausgesetzt war.

Klick Klack. Klack.

Noch zwanzig Meter hinter ihr.

Vielleicht verschätzte sie sich aber auch, und der andere war schon viel näher, als sie annahm. Möglicherweise gaukelte der Nebel ihr die Entfernung nur vor. Hastig drehte sie ihren Kopf. Nichts zu sehen. Wieder wechselte sie die Straßenseite. Vorsichtige, kurze Schritte. Wenn nur dieser verfluchte Nebel nicht wäre.

Unvermittelt prallte sie gegen die dunkle Gestalt. Ihre rechte Hand schob sich in ein riesiges Maul. Nasse, eiskalte

Zähne berührten ihren Handrücken.

Den Mund bereits zum Schrei geöffnet, stellte sie fest, dass es nur der bronzene Esel war, der vor dem Schuhgeschäft Salamander stand.

Klick Klack. Klack.

Lilly hetzte an der Figur vorbei. Ein Bild des Grauens erschien vor ihren Augen. Was, wenn sich das Ding aus dem Grab herausgewühlt hatte und jetzt auf der Suche nach ihr war? Schließlich hatten sie sich monatelang an dem Grab ausgeheult. Aber warum sie? War sie nur die erste auf der Liste? Oder waren Josi, Luca und Linus bereits tot?

Hatte das Wesen, was auch immer es war, sich nur freigebuddelt, weil vier naive Jugendliche seine Ruhe gestört hatten...?

Klick Klack. Klack.

Fünfzehn Meter, oder weniger?

Schnell weiter. Nur weiter.

Der Nebel lichtete sich ein wenig und sie sah, dass sie auf dem Martin-Luther-Platz war. Links oben, über dem dm-Markt, brannte hinter einem Fenster noch ein einsames bläuliches

© by 2017 Uwe Wedemeyer, Bahnhofstr. 22 77746 Schutterwald
uwe.wedemeyer@gmx.de

Licht. Jemand sah sich noch das Nachtprogramm im Fernsehen an. Gerne hätte sie sich jetzt dazu gesetzt. Rechts von ihr erhob sich die Marktkirche.

Klick Klack. Klack.

Maximal zehn Meter hinter ihr. Hilf mir Gott, hilf mir bitte, flehte sie im Stillen. Ich verspreche Dir alles. Ich werfe meine Trauerklamotten weg und werde mich nie wieder weiß schminken. Nie wieder werde ich jemand anderem von meinen Sorgen erzählen.

Mit schneller werdenden Schritten eilte sie weiter. Die Telefonzellen vor dem Postamt standen wie Leuchttürme im milchigen Grau. Nur noch dreihundert Meter bis nach Hause.

Klick Klack. Klack.

Ihre Hände fuhren hektisch in die Taschen ihres Gewandes.

Wo war nur der verdammte Schlüssel? Wenn sie nur stehen bleiben könnte! Nein, dann würde sie sterben.

Und es würde bestimmt kein leichter Tod sein, da war sie sich hundertprozentig sicher. Sie sah sich schon auf dem Marktplatz liegen.

Endlich fühlten ihre Fingerspitzen den Schlüssel. Fest

umschloss ihre Hand das kühle, flache Metall. Nur nicht loslassen, bloß nicht fallen lassen.

*Klick*KlackKlack *klick*KlackKlack.

Waren da bereits schwere Atemzüge in ihrem Nacken? Dreh dich nicht um, Lilly, dreh dich bloß nicht um.

Ihre Nackenhaare stellten sich auf. Fast glaubte sie, eine Hand im Genick zu fühlen, die Hand eines Toten, die schon seit Ewigkeiten keine zarte Mädchenhaut mehr berührt hatte.

Endlich! Sie hastete in den kleinen Hauseingang. Die Zacken des Schlüssels hatten sich tief in ihre Handfläche gedrückt.

*Klick*KlackKlack *Klick*KlackKlack.

Ihre zitternde Hand verfehlte das Schloss. Der Schlüssel rutschte vom Türschild ab und kratzte über das Türblatt.

Lilly griff mit der linken Hand um ihr rechtes Handgelenk, und versuchte die zitternde Rechte zu fixieren.

Klick

Direkt hinter ihr.

Dann Stille.

Totenstille.

Der Schlüssel entglitt ihren Fingern und fiel klimpernd auf den marmorierten Boden. Mit schreckgeweiteten Augen drehte sie sich um.

"Guten Morgen", sagte der Blinde. In seiner Hand hielt er einen langen weißen Stock. "Was für ein schreckliches Wetter für Sehende. Nicht wahr?" Dann tastete er sich weiter.

Klick Klack. Klack.

...mach hin – ich will auch mal lesen

Impressum

© / Copyright: 2017 Uwe Wedemeyer , 77746 Schutterwald

uwe.wedemeyer@gmx.de

Auflage 1

Umschlaggestaltung, Illustration: Uwe Wedemeyer

Lektorat, Korrektorat: Sybille Martens

© by 2017 Uwe Wedemeyer, Bahnhofstr. 22 77746 Schutterwald
uwe.wedemeyer@gmx.de

Printed in Great Britain
by Amazon